Werner Färber

Geschichten vom Fußballplatz

Illustrationen von Rooobert Bayer

*Der Umwelt zuliebe ist dieses Buch
auf chlorfrei gebleichtem Papier gedruckt.*

ISBN 3-7855-3833-2 – 3. Auflage 2005
© 2001 Loewe Verlag GmbH, Bindlach
Umschlagillustration: Rooobert Bayer
Reihengestaltung: Angelika Stubner

www.loewe-verlag.de

Inhalt

Treffer mit Folgen — 8

Kleine Panne — 15

Torwartwechsel — 22

Wo steckt Ole? — 32

Treffer mit Folgen

Ole, der 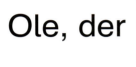, legt sich den  zurecht. Die gegnerische bildet eine . Ole läuft an und haut drauf. Der fliegt durchs . Der knallt gegen den . Langsam senkt sich das  nach hinten und fällt um.

Der  pfeift. „Und was jetzt?", fragt der . „Wir brauchen ein neues ", sagt Ole.

Der 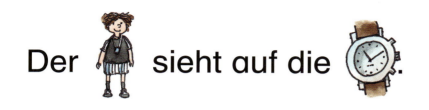 sieht auf die .

Schließlich muss er wissen, wie lange nachher noch gespielt wird.

Schnell wird mit  und das alte  ausgegraben.

Ein neues  wird geholt und aufgestellt. Das wird an den befestigt. „Gut, das hält", sagt der , nachdem er am gerüttelt hat.

Die  klatschen. Endlich kann es weitergehen. Ole darf sich den noch einmal zurechtlegen. Wieder bildet die gegnerische  eine .

Der pfeift. Der läuft an und haut drauf. Der  macht sich lang und länger. Aber es nutzt nichts. Diesmal trifft Ole nicht den . Der zappelt im .

Die  springen begeistert auf und jubeln dem zu.

Wieder einmal hat Oles gewonnen.

Kleine Panne

Heute muss der  mit seinem SC Torstedt auswärts antreten. Mit dem  fahren sie zum gegnerischen . Plötzlich beginnt der  zu schlingern. „Was ist denn los?", fragt der  verwundert.

„Wir haben einen platten ",

sagt der  und hält an.

Alle steigen aus. „Jetzt kommen

wir zu spät", sagt der .

Ole überlegt. Eigentlich ist das  nicht mehr weit weg.

Aber wenn sie zu gehen, kommen sie viel zu müde an.

„Ich bin gleich zurück", sagt der  . „Zieht euch schon mal um!"

Während sich die anderen

im  umziehen, rennt Ole

über die zu einem .

Wenig später hält ein tuckernder

 neben dem .

Hinten auf dem  sitzt der . „Los, steigt auf!", ruft Ole. Die anderen klettern zu ihm auf den .

Querfeldein fährt der  mit seinem  zum .

Pünktlich liefert er die  ab.

Der hilfreiche  darf natürlich

im  bleiben und zusehen.

Der  sorgt dafür, dass er

auch eine bekommt.

Torwartwechsel

Der SC Torstedt spielt um den .

Die meisten  schwenken rote und feuern Oles  an. Ein paar  mit grünen jubeln für die  des FC Pfostenhausen.

Der wirft ein hoch.

Ole darf wählen, auf welches  seine  spielen möchte. Der FC Pfostenhausen darf anspielen.

Sofort erobert der SC Torstedt den . Ole läuft vor das . Der  hebt die .

Der quirlige  ist zu schnell gewesen. Er war abseits. Bald darauf klappt es besser. Ole springt hoch und köpft den an allen vorbei ins  .

Jubelnd lässt er sich feiern.

Doch der FC Pfostenhausen wird immer stärker. Der  muss ständig hinten aushelfen. Dann prallt auch noch der  des SC Torstedt gegen den .

Der  verletzt sich am .

„Ich kann nicht mehr spielen",

sagt er zu Ole. „Du musst für

mich ins  ." Er gibt dem

 die großen und verlässt

humpelnd das  .

Ole zieht die , den  und eine lange über. Mal sehen, was er als  kann. Schon kommt der erste .

Ole befördert ihn mit beiden

 weit ins  zurück.

Gleich darauf kann der

den sicher fangen.

Er tippt ihn einmal auf und schlägt

ab. Der gegnerische  läuft

dem entgegen. Ein

des SC Torstedt ist schneller.

Schon zappelt der im .

Der 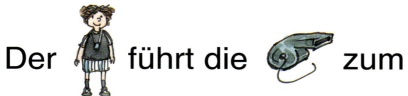 führt die  zum und pfeift zum 2:0. Dann sieht er auf die und pfeift noch einmal. Aus. Ole gewinnt mit seinem SC Torstedt den .

Wo steckt Ole?

Mitten auf dem  steht ein . Er trägt einen dunklen , ein weißes  und eine . Auf einem kleinen stehen ein dicker  und ein goldener . „Liebe ", sagt der  ins .

„Heute wollen wir unseren lieben

Ole ehren. Wieder einmal hat

unser quirliger  viel öfter

ins  getroffen als alle

anderen. Deshalb soll er den

goldenen erhalten."

„Ole! Ole!", jubeln die [Fans].

Aber wo bleibt der [Spieler] nur?

Eigentlich müsste er doch jetzt

aufs [Spielfeld] kommen.

Der  im  hebt ratlos

die . Die  werden

unruhig. Plötzlich rennt ein

über das . In seinem

trägt er einen .

Kurz darauf kommt ein  herein. Er will den haben und verfolgt den . Ungeschickt stolpert der bunte  über seine großen und fällt hin.

Die  lachen. Der  sieht traurig aus. Nun kommt der zurück und gibt den freiwillig her. Er legt ihn dem  vor die rote . Der öffnet schnell die  und zieht die großen  aus. Er steht auf und jongliert den abwechselnd mit beiden .

Während der  jongliert, zieht

er die bunte aus und nimmt

den mitsamt den feuerroten

 ab. Er schießt den , so

hoch er kann, löst die breiten

und lässt die weite  fallen.

Und schon jongliert er weiter.

Die  jubeln. So gut kann

das nur einer. Der ist Ole.

Wieder einmal hat der

alle vollkommen überrascht.

Die Wörter zu den Bildern

 Fußball-spieler

 Uhr

 Ball

 Spitzhacke

 Mannschaft

 Schaufel

 Mauer

 Netz

 Torwart

 Haken

 Tor

 Zuschauer

 Pfosten

 Bus

 Schiedsrichter

 Stadion

	Reifen		Pokal
	Busfahrer		Fahnen
	Fuß		Geldstück
	Wiese		Linienrichter
	Bauernhof		Bein
	Traktor		Handschuhe
	Wagen		Spielfeld
	Bauer		Pullover
	Eintrittskarte		Hose

 Fäuste
 Fußball-schuh

 Pfeife
 Mikrofon

 Mund
 Hände

 Mann
 Hund

 Anzug
 Maul

 Hemd
 Clown

 Krawatte
 Schuhe

 Tisch
 Nase

 Blumenstrauß
 Schnürsenkel

 Füße

 Haare

 Jacke

 Hosenträger

 Hut

Werner Färber wurde 1957 in Wassertrüdingen geboren. Er studierte Anglistik und Sport in Freiburg und Hamburg und unterrichtete anschließend an einer Schule in Schottland. Seit 1985 arbeitet er als freier Übersetzer und schreibt Kinderbücher.
Mehr über den Autor unter
www.wernerfaerber.de

Rooobert Bayer, 1968 in Wien geboren, machte sein Hobby mit 24 Jahren zum Beruf. Als Zeichner war jetzt kein Blatt Papier mehr vor ihm sicher. Von Karikaturen bis zu Wandgemälden malte er fast alles, was ihm unter die Pinsel kam. Jetzt illustriert er insbesondere Kinderbücher.